KB172820

딸아, 함께 가자

딸아, 함께 가자

주님,
손목 잡아 주세요

—

김성옥 지음

좋은땅

프롤로그

부자가 되고 싶었습니다

도서관에서 부자라는 책 제목을
즐겨 읽었습니다

참 모를 일입니다
돈을 버는 능력과
돈을 불리는 능력 말입니다

그런데
참으로 쉬운 게 있습니다

손 내밀면 감동으로 느껴지는
주님의 사랑 말입니다

그저 알아 버리는

그 사랑 말입니다

눈 감으면 고백하게 되는 말

“주님, 이토록 사랑하십니까”

주님을 알아갈수록

부자 되는 법을 알게 되었습니다

최고의 재테크 수익률은

천국 가는 것

보

석

집 사는 것

황

금

길 걷는 것

눈물 한 방울과

웃음 한 조각은

한 편의 글이 되었습니다

퇴근길 논길을 걸으며

떠오르던 글

평소 자녀와

대화하던 내용들

주님께 느낌표로

고백 드렸던 기도를

카톡에 남겼습니다

글을 수정하는 동안에

배꼽을 잡고 웃었고

심장을 잡고 울었습니다

허벅지에 상처 난 어린양마냥

목자 곁에 하염없이 머물기도 했고

상처가 아물어

온 들판을

뛰어 다니기도 했습니다

광야에서 자라

입대하지 않았어도

충성이 무엇인 줄 알고

머리가 좋지 못하여

주신 응답에

잔머리 굴릴 줄도 모릅니다

김치 국물 먼저

한 사발 마셔 버리고는

행동하는 야생집사입니다

이 모든 것이
시골의 호박꽃도 꽃이라며
우겨 주시는
주님의 사랑 덕분입니다

손가락 지문이 박힌
주민등록증 같은 글을 지었습니다

촌 여자 냄새 풀풀 나는
강아지풀 같은 글을 지었습니다

당신의 고운 손에
고이 올려 드립니다

목차

자녀와 걸으며

주님과 걸으며

논길을 걸으며

까마귀

좋겠다 너는

염색 안 해서

우와

관광지 화장실

우리 집보다
더 좋다

추석

시어머님의 전화

오지 마라
오지 마라
오지 마라
할렐루야

까꿍

이렇게도 인성 바른 것들을 보았나

아줌마 반갑다며
방문 인사 오는
시골의 까꿍이들

까꿍이 3종 세트
뱀, 쥐, 두꺼비

울
고
싶
다

첫사랑

내가 버린
남자보다

날 버린 남자가
더 궁금하다

여탕염탐

샤워 중에
남자랑 눈이 마주쳤다

좋다는 건가
눈 버렸다는 건가

아줌마도 여자거든
남자들은 좀 나가 줄래

50년 된 시골집 욕실에 남자 청개구리들이 염탐하러 온다

제발

한숨 나오는 순간

맨발에

삼선슬리퍼 신고

버스 타는 남자

그의

발가락과 마주할 때

미니멀

진주귀걸이가 있다

대

중

소

아무도 모른다

2,500원짜리

플라스틱이라는 걸

남초세계

내가
내 란다

그래
잘났다

니가
니 해라

남초세계2

남자 세계에서
싸우지 않고 이기는 법

“제가 뭘 아나요”

마초문화

늠름한 남자 세계에서
서열을 모르면
큰코다친다

안 그래도 낮은 코
여러 번 내려앉았다

재산세

집과 밭을 증여 받았다
야호

대출금까지

재산세2

구청장님께서 보내 주신
재산세 고지서 29,970원

연애편지만큼이나
설레였다

대출상환

대파 비싸면
양파 먹으면 되고

양파 비싸면
대파 먹으면 된다

전통시장

하나님이 주신

영양제가 널려 있다

동역자

발렌타인데이와
화이트데이의
의미를 모르는 남자

알사탕을
검정 봉지에 넣어
건네는 남자

알사탕 받고
좋아 죽는 여자

의미를 알려주지 않고
2번 받아먹는 여자

남한의 총각들을 물색하신

중매쟁이 예수님

그분의 선택은 탁월했다

남편

단점이 없다
장점도 없다

남편2

신혼 때
뒤에서 안아 주던 남자

어디 갔노

고교시절

학교는

친구 만나러 가는 곳

친구랑

도시락 먹는 곳

경상도 감사표현

고맙다고 하면 될 것을

아이고 와 그라노
(왜 이러세요)

그라지 마이소예
(그러지 마세요)

참내
(정말 고맙습니다)

솥뚜껑

2004년

100만 원

출산비를 몰래 결재해 준 시누이

2020년

200만 원

사랑의 빚을 갚았다

올케의 면도날을

슬그머니 무쇠 솥뚜껑으로 덮어 버리는

시누이의 솥뚜껑 사랑

매번 진국을 우려내는

시누이의 가마솥 사랑

주님이 알고

올케가 안다

오리지날

교촌오리+레드오리
모바일 선물을 받았다

교촌에서 오리를 하는구나
먹어 보니 닭이었다

중학교 나온 여자
: 사장님, 오리가 아니고 닭인 것 같아요

교촌 사장님
: 오리지날입니다

멀쩡히 생긴 여자가 왜 이럴까
순진함을 넘은 무식함에
중학교 졸업장을 반납하고 싶었다

유전

장점은

내 것이 아니라

부모의 것이었다

나에게

빼지지 말자

나만 손해더라

나에게2

인생 짧다

삐딱하게 꼬여
대각선으로 바라보지 말자

선 밟았어요

성숙이란

아름다운 선을 지키는 것

타이타닉

1998년
이노무 가시나
엎드려뻗쳐

해병대를 전역한
둘째 오빠의 호령소리에
놀란 가슴

스커트를 입은 채
엉덩이를 쭉 내밀었다

남자친구와
타이타닉을 보고
자정에 도착
(상영시간이 194분일 줄 몰랐다)

중년이 되니
오빠의 혼구녕이
참으로 그립다

이노무 가시나
엎드려뻗쳐

봄바람

봄이 여자의 계절인 이유

바람
불었다가
그쳤다가

구름
있다가
없다가

갔다가
왔다가

이랬다가
저랬다가

자세

어깨 펴고 걷는 당신

7,900원짜리 장날 티셔츠를 입어도
멋있다

말

예쁘게 화장한

여자보다

예쁘게 말하는

여자가 더 좋더라

피부관리

3천 원짜리
바세린 연고 바르고

일
찍
자
자

겸손

쌀밥 먹을수록

더욱 입을 다물자

성과

일 잘하는 사람의 특징은

업무 속도가 빠르다

최고의 실력은

포용력이었다

심플

간소한 책상만 봐도
그 사람의 업무능력을 알 수 있다

목련꽃

1년에

10일만 볼 수 있어

더욱 아름답다

짧을수록

그리운 법이다

선물

아이고
예쁜 것들

시골의
새소리

도시에 사는
친구에게

선물해
주고 싶다

천국지인

5살에 만난 정난희

난희야
우리 천국에서도 같은 동네에 살자

희망

하늘 보면
답이 있다

자녀와 걸으며

옥이언니의 조언

자녀가 10살일 때
전기밥솥 사용법과
설거지를 가르쳤습니다

매일 밥상 바친다고
고마워하지 않습니다

좋은 글을 가까이하고
자녀와 함께 성장하십시오

약속

얘들아

우리 천국에서도 같은 집에 살자

전두엽 육아

공중화장실에서 모유 먹이며
강의를 듣고 공부를 했었다

큰 아이 고1 때
휴대폰을 사 줬으니
돌 맞을 일이다

온 종일
휴대폰을 쥐어 주고
TV 앞에 앉혀 놓으면 편하기는 하지만

뇌는 망가지고
망나니가 되어 버린다

넓은 창공의 하늘을 보며
손발에 흙을 묻히고
코에 흙가루가 들어가야 건강하다

된장과 김치까지 즐겨 먹인다면
속살은 더 단단해진다

건강한 체력으로
직장생활을 잘할 수 있고

전두엽을 예쁘게 만들어 놓아야
부모의 노후가 편하다

남편 계군

주 1회
부부 둘만의 계모임
10주년이 되었다

설렁탕을 먹더라도
반가운 남편 계군

계군이 거실을 지나면
그냥 지나치는 법이 없다

배 찌르고
눈 흘기고
팔 깨물고
애들이 좀 조용히 하란다

된장 국물 먹이더라도
담장 너머로 부모의 웃음소리 나면
그것이 자녀교육법이다

불놀이

미성년자 구입 불가

편의점에서 대신 사 준 라이터만 해도
10여 개

마음껏 불 태우거라
집은 태우지 말고

좌식 화장대

어머니 등 뒤에서
조용한 순간은
죄 짓는 순간

각티슈 뽑기 놀이
영양크림 바닥에 발라 주기
립스틱 뭉개 버리기
짱구 눈썹 그리기

화장품은
높은 곳으로

좌식 화장대는
아기의 놀이터가 되고
책상이 되어 버렸다

19년째

서서 화장을 한다

아기를 얻었고

화장대를 잃었다

초등축구

새벽 5시 30분
이웃 동네에 사는
친구 종원이 집에 간단다

더 충격적인 건
종원이도 기다리고 있단다

아침부터
땀 빼고 기운이 빠져야
책상머리에 가만히 앉을 수 있었던
시골 아이들

20세기를 살았던
21세기 아이들

초등용돈

자녀 용돈은

독서 30분에 500원

새벽 1시간

저녁 1시간

하루 독서시간 2시간

왕 고무딱지를 하나 사려면

열심히 책을 읽어야 했었다

귀보약

어미 눈에 불편한 건
남의 눈에도 불편한 법이란다

사회생활이 매서운 건
아무도 말해 주지 않는 것이란다

바가지

실컷 놀아 주고
어머니가 왜 그랬을까

너희들 씻기다가
바가지로 때린 거
미안하다

하나님 아버지는
아무리 속상해도
바가지로는 안 때리신다

철없었던
어머니의 20대를 용서해 주겠니

자녀에게

식당에서 머리카락이 발견되거든
바닥에 슬그머니 버리거라

그 머리나
너 머리나

너희들
기억하니

아기 때
죽은 파리
주워 먹고

흙바닥에
흘린 과자

주워 먹고

급할 때
운동장 수돗물
마신 거

사람의 마음이 더욱
지저분한 법이니

식당에서
호들갑 부리지 말거라

자녀에게2

주님 보시기에
불편한 행동은 하지 말거라

어느 조직에서든
너희를 높여 주실 것이다

귀지정리사

귀 구멍 6개
귀지 정리하는 날

내 무르팍에 누워
웃음소리 끊이질 않는다

뭘 먹어서 이렇게 크냐
우와 이게 사람이냐
친구들의 소리는 듣고 다니냐

친정어머님께서
눈이 흐리다는 말씀과 동시에

친정어머님의 무르팍에
눕지 않았다

누군가가

내 구멍도 정리해 주면 좋겠다

회사어

가족 단톡방에서
회사어 사용

빨래 좀 널어주시겠어요
설거지를 부탁드립니다
밥솥 취사버튼을 좀 눌러 주십시오

감사드립니다
부탁드립니다
죄송합니다
좀 도와주시겠어요

언어가 밍숭해 보여도
바른 언어를 사용하거라

고운 언어를 사용하면
고운 인생을 살게 되고

거친 언어를 사용하면
거친 인생을 살게 된단다

스카우트

옆집 대표님께서 탐내는

능력 있는 직원이 되거라

메모

어머니는 메모 덕분에
저자가 되었고

잘 정리해 둔
업무 노트 덕분에

간소하게
일할 수 있었단다

머리를 믿지 말고
메모를 하거라

입조심

부모님께
말로 상처를 드려선 안 된다

맨손으로 기저귀를
만 번이나 갈아 주셨단다

밥상머리 교육

장난이라도
상처 되는 말은 하지 말거라

장난치고 싶을 때
입을 다물거라

맛보기

순 열 : 어머니, 개미는 신맛이 나요

어머니 : 무서워

회개

죽으면 회개할 수 없단다

실수 했다면
바로 회개하거라

주님과만 알고 있을 때
바로 회개하거라

복종

가정에서는 아버지
직장에서는 대표님
교회에서는 담임목사님

우두머리의 결정이
틀린 것 같아 보여도
일단은 순종하거라

너는
5층에서 세상을 바라보지만

우두머리는
50층에서 세상을 바라본단다

어느 조직에서든

질서를 무너트리는 행동은 하지 말거라

너도 곧

우두머리가 될 것이다

너는 센 머리 앞에서 일어서고 노인의 얼굴을 공경하며 네 하나님을 경외하라 나는 여호와이니라 (레위기 19장 32절)

평준화

저녁 식사시간에
어머니의 초등학교 시절
생활기록부를 낭독했습니다

1학년
기초 학력 면에 많은 노력을 요함

2학년
독해력과 기초계산 능력이 아주 부진함

3학년
계산능력이 극히 부진함

4학년
독해력의 부족으로 문제 해결이 어려움

세월이 지날수록
얼굴의 평준화와
지식의 평준화가
된다고 하지요

이 평준화는
신이 주신 축복입니다

경리 실장으로 근무하면서
이해력과 계산능력 부족으로
어려운 적은 없었습니다

하루하루 밥벌이해서
자녀들에게 고기를 먹일 수 있다니

이 평준화가

얼마나 고마운지 모릅니다

평준화2

중학교 1학년 도덕시간
딸아이의 발표

가장 존경하는 사람은
어머니

"우리 어머니는 공부를 못했는데
지금은 똑똑한 여자 같습니다

저는 어머니를 닮았기 때문에
희망이 있습니다"

군대

10대

군인 아저씨에게

위문편지를 쓰던 시절이 있었고

20대

첫사랑 남자친구가

군대를 갔었고

30대

우리 아들은 언제 커서 입대하려나

인생이 아마득했고

40대

오늘 큰아들이 군대를 갔다

장병내일준비적금

같은 군인 급여로
누구는 1,000만 원의 만기 적금을
만들 것이고

같은 군인 급여로
누구는 먹고 화장실에 버리고 올 것이다

군 기간 동안에
음식을 절제하고
말을 절제하고
독서하며
5년 뒤를 준비하거라

훈련병

밤마다 사랑 고백
"어머니, 사랑합니다"

훈련병 큰아이는
대한민국 형님들께서
남 몰래 눈물 훔쳤을 성장통을
지금 겪고 있습니다

얼마나 멋진 형님이 될지
기대되고 설레입니다

생명책

한여름
영광교회 창고 짓던 날

아버지의 용접봉에 데여
화상자국이 선명히 그려진
아들의 팔뚝

하늘나라의 아들 집은
천사들이 열심히 용접하고 있을 것이다

뿌린 대로 거둔다는 성경의 법칙을

믿
는
다

배우자 기도

성령 충만한 배우자가
가장 매력적인 사람이란다

이 땅에부터
천국을 맛보고 싶거든
성령 충만한 배우자를 달라고
기도하거라

너희가 먼저
주님 앞에 겸손하고

복종하는 삶을 살아야 한다

막둥이 딸에게

여자는 사랑을 받아야
힘이 난단다

쉽게 사랑 받는 방법이 있단다

사람에게 잘 보이려고 노력하지 말고
주님께 이쁨을 받거라

주님께 이쁨 받는 사람은
사람이 친구하고 싶어 한단다

막둥이 딸에게2

딸과 잠언 31장을 묵상했습니다

남편을 이기고
세상을 이기려는 아내는
박복하게 살아간단다

사랑받고 싶다면
사람을 이기지 말거라

사람을 이기려는 행동이
하나님을 이기려는 마음이란다

고운 것도 거짓되고 아름다운 것도 헛되나 오직 여호와를 경외하는 여자는 칭찬을 받을 것이라 (잠언 31장 30절)

중직자세

사람 사는 곳에는
언제든지 분쟁이 생길 수 있단다

너희가 중직이 되었을 때
목사님이나 장로님의 잘못으로 인해
교회에 분란이 생기거든
교회를 지키는 자가 되어라

사람 소리 듣지 말고
사람 소리 내지 말고
주님의 바지 자락 부여잡고
기도만 하거라

너가 죄인 아니더냐
들킨 죄인이냐

안 들킨 죄인이나
우리가 다 죄인 아니더냐

침묵하고
너 자신을 살피거라

주님께서
직접 교통정리 해 주실 것이다

중직자세2

교회에서는
바보가 되거라
(어머니는 구구단도 헷갈린단다)

지혜와 능력은
주님께 구하거라

큰아들에게

첫 급여는
주님께 온전히 드렸으면 좋겠다

부모님 내복은
주님께서 입히신단다

하늘에 심는 것이
가장 확실한 투자처란다

물질을 심어야
열매 맺게 해 주신단다

주님만 아시도록
조용히 씨앗을 뿌리거라

고효율의 하나님

너는 마음을 다하고

뜻을 다하고

힘을 다하여

네 하나님 여호와를 사랑하라

(신명기 6장 5절)

어머니 : 1번은 누구니?

삼남매 : 하나님요

어머니 : 평생 하나님을 사랑해야 한다

삼남매 : 네

남편의 급여 200만 원

빚도 없었지만

저축액도 없었습니다

시골 삼남매의 어린이 장난감
연장 종합선물세트
삽, 망치, 못, 곡괭이, 톱,
드라이버, 도치….

엄마 김 집사는 저비용으로 입력했는데
주님은 고효율로 출력해 주셨습니다

신명기 28장

식탁에 앉아

하루에 성경 1장 읽기

자녀들에게 물려 줄

현금 유산은 없지만

주님께 직접 현금 받는 법을

가르쳐 주고 싶었습니다

세상의 방법이 아닌

성경의 방법으로 살아야

축복을 받습니다

네가 내 하나님 여호와의 말씀을 청종하면 이 모든 복이 네게 임하며 네게 이르리니 성읍에서도 복을 받고 들에서도 복을 받을 것이며 (신명기 28장 2절~3절)

기억하라

파지 과일 5분의 4는 버리고
5분의 1만 접시에 담고 있었습니다

순 열 : 어머니, 저는 먹기가 좀
곤란합니다

어머니 : 순열아, 우리의 말과 행동을
주님은 저울에 달아 보신단다

쇠고기 먹고 있을 때
돼지 뒷다리 먹을 때를
잊지 말고

예쁜 과일 먹을 때
파지 과일 먹을 때를

잊지 말고

치킨 한 마리로
밥과 함께 먹었던
과거를 잊지 말아야 한다

주님은 정확한 저울추로
우리의 믿음을
저울질 하신단다

보석

사도 바울 목사님 가슴에 새겨진
보석 같은 이름이 있었단다

브리스길라와 아굴라

담임 목사님의 가슴에 새겨진
아름다운 이름이 되거라

강대상에서 기도하실 때마다
너희 이름을 생각할 때마다
기쁨이 되는 사람이 되거라

목사님 가슴에 보석으로 새겨진 사람은
주님 가슴에도 보석같이 빛난단다

아내 브리스길라와 남편 아굴라는 사도 바울의 친한 동역자였다

주님과 걸으며

고백

10살 때도
주님을 사랑했고

중년이 된 지금도
주님을 사랑합니다

은빛머리 할머니가 되어도
당신만을 사랑하겠습니다

고백을 받아주옵소서
당신이 저의 전부입니다

고백2

세월이 지날수록
당신을 사랑하게 됩니다

자식보다
당신을 더욱 사랑합니다

콧물 적금

만기 적금 기다리는

김 집사

만기 적금 기다리는

주님

주님,

왜 이러세요

강남의 땅 부자 권사님에게 응답주시면

더 많은 예물을 드릴 텐데요

시골 촌구석에 사는

저의 코 때 묻은

만기 적금을 원하십니까

그러나 주여,

주신 감동에 순종하겠나이다

만기 적금보다

주를 더욱 사랑하나이다

주인

주님께 가계부를 드렸습니다

다음 달 수입과 지출의 예산을
주님께 결재를 올렸습니다

주님께서도 일하시니
삶의 규모를 줄이고
더 간소하게 소비하려고 합니다

가정의 주인은
주님이십니다

재정의 주인도
주님이십니다

돈은 쌓여야 합니다
지출이 통제가 되어야 복이 됩니다

메뚜기 떼에서 지키시고
기한 전에 포도열매를 붙드시는 분은
주님이십니다

주님께 재정을 맡기고
의탁한다는 건

돈이 쌓이는
가장 빠른 방법입니다

서명

백지수표에 금액을 적어
주님께 결재를 올렸습니다

주님은
은행장보다 높으신 분이시니

주님,
서명을 부탁드립니다

광야

하나의 광야를 지났더니
더 큰 광야가 준비되어 있습니다

하나의 광야에는
하나의 순종이 필요했는데

그 다음의 더 큰 광야에는
두 개의 순종을 원하십니다

눈앞이 흑암일지라도
믿음의 발걸음을 내딛어 순종할 때

광야의 길은
한 순간에 통과하게 됩니다

실비보험

실비보험도 없었습니다

하나같은 반응은
야만인처럼 바라봅니다

간이 부은 건지
믿음이 좋은 건지

정말로 대책 없는
시골 아줌마입니다

오늘 실비보험을 가입했지만

이 땅에는
미련도 후회도 없습니다

오늘이라도

주님께서 부르시면

주님 나라에 가고 싶습니다

침묵

주님께서 가만히 계시는데
입을 다물겠습니다

주님께서 기다려 주신 것처럼
잠잠히 기다리겠습니다

이웃의 허물은
백내장 환자처럼
흐릿하게 바라보고

나의 허물은
초현미경으로 관찰하겠습니다

회개

주여,
잘못했습니다

뻔뻔하다 하셔도
무릎을 꿇겠습니다

자식 버리는
아비는 없습니다

성경책

성경 말씀에
순종하는 건
나를 위한 것

성경책2

밥 냄새
맡고 자란 자녀는

애정결핍 환자가 없다

저울

배고플 때
왕의 기름진 음식이
눈앞에 있습니다

주님의 저울이
두렵기만 합니다

지옥

입구는 있고
출구는 없는 곳

1일 체험하는 곳이 아니다

영
원
히

머물게 된다

주님 냄새

어머니를 안으면
어머니 냄새가 납니다

주님을 부르면
주님 냄새가 납니다

주님이 고플 때
주님 이름만
천 번이고 부르고 싶습니다

하라 마라

성경 말씀에
하라
하지 마라

사랑하라
비난하지 마라

사랑은
못할지언정

비난하고 싶을 때
혀를 깨물고 있겠나이다

쉿

교회에서는
입을 다물겠습니다

찬양소리
웃음소리만
크게 하겠습니다

종소리

딸아

너 요즘 왜 기도하지 않니

함박꽃

15살,

어린 학생이 무슨 죄가 많아

그리도 많이 울었을까

찬양집회에 앉혀만 놓으면

주님은 눈물을 주셨다

돌아오는 길

밤하늘의 북두칠성과

싱그러운 밤공기는

지금도 잊을 수가 없다

18살,

친구 혜진이는 좋겠다

친구 영철이는 좋겠다

기도하는 어머니가 있어서 좋겠다

친구들은

주님께 사랑만 받는 것 같았다

늦은 밤

집에서 쫓겨나던 날

친정아버지께서 대문을 잠그셨다

주님,

저는 주님을 버리지 않을 거예요

주님은 쫓아내지 마세요

가로등 밑에서 울던

어린 학생의 기도를

주님은 기억하셨고

기도하는

시부모님을 선물로 주셨다

명절 전날에

영풍문고에서 하루 종일 책 읽는 며느리

남한에서

가장 마음 편한 며느리

그날 밤

어린 학생의 기도를 들어주셨던 분

한숨을 함박웃음으로

바꿔 주신 분

좋겠다를 좋았다로
바꿔주신 분

곱하기에 곱하기로 응답하시는
그분의 사랑을
갚을 길이 없다

기도

가장 많은 기도
주님, 사랑합니다

가장 많은 응답
딸아, 사랑한다

임금 체불

2010년
하늘은 주님의 눈동자이오니
다 보고 계신지요

임금 체불한 사장님의 가정과
생활비가 부족한 저희 가정을
다 보고 계시지요

우리 집은 돼지 뒷다리살 먹고 있을 때
사장님은 한우를 먹고 계신다면

한겨울 우리 집 아기들은
실내에서 오리털 점퍼까지
입히고 있을 때
사장님은 반팔로 생활하고 계신다면

사장님의 머리에
꿀밤 한 대 내려주세요

그러나 주님,
두툼한 솜바지를 입고 있어도
다리 편히 뻗을 수 있어
얼마나 감사한지요

어떠한 환경에서도
노래하겠습니다

돼지 뒷다리살 먹더라도
불평하지 않겠습니다

주님을 가진 자는
모든 것을 가졌습니다

십일조

십일조를 드린다는 건

이미 축복 받은 삶입니다

같다

직장인의 급여 3,000,000원

십일조 300,000원

명절의 세뱃돈 10,000원

십일조 1,000원

주님의 계산법은 같다

300,000원 = 1,000원

구름기둥

남편은 일당직으로
크레인 장비 작업이 있기 때문에
지붕이 없는 곳에서
근무를 하고 있습니다

비가 오면 일할 수 없기에
아내가 먼저 선수를 칩니다

주님,
비가 오더라도
낮에는 이슬비
밤에는 장대비를 부탁드립니다

장마기간 동안에도
출근을 했었습니다

조금만 불리하면
주님의 교회를 거들먹거립니다

주님,
교회 전기세를 납부해야 하고
예물도 드려야 합니다
우리 목사님께서
마음 편히 기도하셔야 합니다

교회를 사랑하시는
주님의 여린 마음을 잘 알고 있습니다

마음 여린 주님을 이용해서
선수 기도를 드리곤 합니다

보물

회사 지킴이
흰돌이

사장님께서
뼈다귀 주시는 날

이 녀석은
뼈다귀를 땅 속에 묻어 두고서는

괜히
혼자서
경계를 하곤 한다

나는 흰돌이가
"경리아줌마 좀 드세요"라며

뼈다귀를 나눠 줄까 봐
무섭다

주님도 먹지 못하는
지저분한 뼈다귀를
움켜쥐고 있는
내 모습을 보게 된다

순복

시아버님은

하나님 대하듯이

남편은

시아버님 대하듯이

축복

자녀들이 똑똑하지 않아
감사드립니다

자동적으로
겸손한 사람이 되었습니다

카리스마

시골 권사님들의 특징

큰 목소리

행동파

대량의 음식

사업장 폐기물

주님,

쓰레기가 돈으로 보입니다

점

점

주님을 닮아 가는 것 같습니다

무명

헌금은

무명으로 드립니다

헌금 장부는

천국에서 관리하고 있습니다

천국의 노숙자

하늘나라 저축

인색하게 드리면
인색하게 보답하신다

사명자

시아버님의 무릎은

낙타무릎

삶으로 보여 주셨다

20년간

사명자2

사람 눈치 안 본다
하나님 눈치만 본다

- 시어머니

중보기도

자식보다 좋은 게
성령 충만입니다

집안의 어른들에게
성령 충만을 주옵소서

호박꽃

인기 없는
호박꽃이어도 된다

주님네 농장에서
싱그럽게 꽃 피우면 된다

열무꽃밭

김치 한번 담은 적 없는
불량 손맛

불량 며느리가 된 이유는
김치 4종 세트를 만들어 주시는
시어머님 덕분이다

불량 손맛임에도
집안에서 쫓겨나지 않은 이유도
20년간 과체중을 유지해 주는
큰아들 덕분이다

그래서인지
가장 사랑스럽고 예쁜 여자가
음식 잘하는 여자이다

옆집에 예쁜 여자가 살고 있다
오늘도 장 권사님은 분주하시다

밭에서 유기농 열무를 베어 와
번개 불에 콩을 볶듯
열무 물김치를 한 다라이 만들어 버린다

귀한 음식으로 이웃을 섬기는 장 권사님에게
주님께서 선물을 주셨으면 좋겠다

천국에 도착하면
김치 100종 만찬

그리고
천국의 집 앞 마당에는
열무꽃밭 10만 평을 주셨으면 좋겠다

흰

깨끗함은

주님의 특징이다

언어가 순환되고

양심이 살아난다

예비 갱년기

칼슘이 빠져나간
뼈 구멍 사이로

당신 나라 보석으로
채워 주옵소서

예비 폐경

예수님의 기적
물로 포도주를 만든 기적

매달의 기적
물로 피를 만든 기적

폐경은
혈이 부족하여
기가 빠지는 날

혈기가 부족하여
주님 닮아가는 날

늙음은
크나큰 축복이다

자존심

산부인과 첫 진료 받던 날
조선시대에 태어났다면
출산 중에 죽었을 사람이라고 했습니다

자존심을 내세우고 싶을 때
입을 닫아 버립니다
이미 죽었으니깐요

자존심은 주님의 것입니다
주님만 빛나십시오

저는 25살에 죽은 사람입니다

사랑

김 집사 : 아이고, 주님
　　　　이 인간을 어떻게 할까요?

주 님 : 딸아, 사랑이 능력이다

사랑이
머리에서 가슴으로 내려옵니다

인간이
보석으로 보입니다

부모님께 머리를 숙일 때
주님께 머리를 숙이는 것임을

나보다 나약한 사람에게
머리를 숙이는 것이

주님께 머리를 숙이는 것임을
이제야 알게 되었습니다

중심

어느 집사님은
제가 보기에도 영 아니예요
그런데 주님은 그 집사님을
참 사랑하신대요
부러울 정도로 이뻐라 하십니다

어느 장로님은
돈도 많고
옷도 반듯하게 입고
말도 세련되게 하세요
그런데 주님은
아무런 말씀이 없으십니다

주님은
사람의 중심을 보십니다

그 중심은

주님만 아십니다

응답

주의 음성은
귀로 들리지 않고
기쁨과 감동으로 알아 버린다

잔잔하고 고요하며
온종일 가슴에 머문다

손해 은사

주님,
손해를 조금 더 볼게요

싸움을 잘 하지도 못할 뿐더러
이긴들 무슨 이익이 있나 싶어요

위로

올챙이 시절
업무 실수로
200만 원 과태료를
납부하게 되었습니다

퇴근길 논길에서
눈물을 뚝뚝 흘렸습니다

최저임금 받던
김 실장의 눈물에
주님께서도 근심하셨는지

공무원의 마음을 돌이키셨고
과태료를 탕감 받았습니다
(기적 같은 일이였습니다)

최근에 거래업체의 민원 문제로
저희 회사까지
곤란한 상황이 발생되었습니다

사장님께 보고 드리기 전에
기도 드렸습니다

김 실장 : 주님, 해결해 주십시요

주 님 : 딸아, 해결 된다 해결 된다
원망하지 말고
입을 다물거라

다음 날 업체사장님과 기사님께서
얼굴을 노랗게 하고서는

사무실을 방문하셨습니다

원망 대신

침묵

원망 대신

위로

저도 예전에 탕감받았으니

얼굴 노랗게 방문하신

두 분을

붉은 연분홍색으로 만들어 드렸습니다

주님,

사람에게 다 하지 못한 말

주님 아시오니

이 일로 인하여
사람을 얻고
복을 얻어
법인통장에 재물이 쌓이게 하옵소서

더욱 고개를 숙이겠습니다
더욱 겸손하겠습니다

제가 업체 분을 위로한 것이 아니라
주님께서 김 실장을 위로해 주셨나이다

팡이팡이

집에도 곰팡이
회사에도 곰팡이

김 실장만
아무렇지 않습니다

이토록 기준 이하로 살면서
행복한 이유를 알았습니다

좋은 집에
살아 본 적이 없었고

아프리카 천막집보다
좋은 곳에 지낸다며

주님께 선수로

감사 기도를 드리기 때문입니다

인도

주님만
따라 가겠습니다

대장님이 되어 주십시오

점심식사

그릿 시냇가 엘리야에게
까마귀의 밥 배달

점심시간의
도시락 배달

까마귀나
봉고차나
주님의 돌보심은 같다

지팡이

자식 사랑
일찌감치 버렸습니다

아내를 들쳐 업고
응급실에 달려갈 사람
남편입니다

식은 밥 끓인 죽이라도
입에 넣어 줄 사람
남편입니다

어깨 두드리며
틀니 웃음 지어 줄 사람
남편입니다

주님께서

아내에게 주신 지팡이는

남편입니다

배달원

그릿 시냇가
선지가 엘리야에게
밥 배달했던 까마귀들
1호
2호
3호
4호
.
.

주님,
1호 까마귀가 되고 싶습니다

너는 여기서 떠나 동쪽으로 가서 요단 앞 그릿 시냇가에 숨고 그 시냇물을 마시라 내가 까마귀들에게 명령하여 거기서 너를 먹이게 하리라 그가 여호와의 말씀과 같이 하여 곧 가서 요단 앞 그릿 시냇가에 머물매 까마귀들이 아침에도 떡과 고기를, 저녁에도 떡과 고기를 가져왔고 (열왕기상 17장 3절~6절)

기적

죽었던 나사로를
벌떡 일으킨 기적

새벽이면
벌떡 일어나는 기적

같은 생명
같은 사랑이다

미남

성령의 충만한 사람은
피부 관리를 받지 않아도
피부에서 빛이 난다

눈
코
입 조화롭지 못해도

멋
있
다 그냥 멋있다

선악과

선악을 알게 하는
나무의 열매는 먹지 말라
네가 먹는 날에는
반드시 죽으리라 하시니라
(창세기 2장 17절)

아담에게 먹지 말라 하신
선악을 알게 하는 과일

매일 선악을 알게 하는 나무 앞에
서게 됩니다

손 내밀면 닿을 수 있는 선악과
지천에 널려 있는 선악과
손목을 지켜 주옵소서

식은 밥 뜯어 먹더라도
당신과의 의리를 지키겠습니다

주님의 미간에 인상 쓰는 일이 없도록
손목을 지켜 주옵소서

동행

하루
순종하고 싶습니다

오전
붙들어 주옵소서

오후
붙들어 주옵소서

없음 못함

주님께서 입 앞에
녹음기를 들여댑니다

할
말
없
음

할
말
못
함

지혜

사람 붙들고
상담하지 않습니다

사람은 부도난 건물과 같습니다
답이 없습니다

받은 응답에 궁금한 것이 있으면
담임 목사님께만 간단히 물어 봅니다

기도하면
주님께서 지혜를 주십니다

주신 지혜대로
행동하면 됩니다

상담

담임목사님과의 상담시간
5분 이내

요점을 간략히 정리하여
집중적 상담

우리 담임목사님을
아껴야 합니다

하늘소망

이 땅에서 벽돌을 굽지 않겠습니다
벽돌을 부러워하지도 않겠습니다

이 땅의 빌딩을 구하지 않겠습니다
하늘의 집에 투자를 하겠습니다

진흙을 구입해서
그 벽돌을 굽고 싶을 때마다
가루 되게 하옵소서

바람에 마모되지도 않고
비에 녹지도 않는
천국의 보석집에 투자하게 하옵소서

통곡

주님은
개구쟁이 같다

주님은
어린 여동생을 울리는
오빠들 같다

논길 위에서 울리는 한마디
딸아, 사랑한다

근무지에서 울리는 한마디
딸아, 사랑한다

곧

곧 주신다는 약속의 응답은
최소 10년이었습니다

그 전에는
울고 불고 해도 안 주셨습니다

주님의 방법은
인간 먼저 만들어 놓고
축복해 주십니다

부드럽고 농사짓기 좋은 땅을
만들기 위해 시간이 걸립니다

평생을 고집부리고
주님과 다투다가

생을 마감하기도 합니다

축복을 빨리 받고 싶다면
머리를 조아리고

이해하지 못한 순간에
믿음의 발걸음을 내딛어야 합니다

가장 빠른 길은
순종이었습니다

것

등기필증
주님 것입니다

급여
주님 것입니다

지갑
주님 것입니다

자식
주님 것입니다

위장의 음식
주님 것입니다

주 언니

주님의 고집은
장난이 아닙니다

먼저 머리를 숙이고
들어가는 것이 상책입니다

주님 마음은
언니의 마음 같아서

이해하려 들면
안 됩니다
(여자인 저도 이해가 안 됩니다)

순전주의

성옥 집사

: 교회 섬기느라 어깨가 무거우시죠

종생 집사

: 아니, 용돈 30만 원만

잘 챙겨 주면 돼

뜻밖의 대답에

박장대소를 하고서는

그만 용돈 5만 원을 인상해 버리는

실수를 범하고 말았습니다

그래 맞아

이렇게 순전한 믿음이 있으니깐

주님은 나보다 남편을

더 사랑한다 하셨지

그래 맞아

순전주의 천국에서는

상위 1%의 엘리트지

매화꽃

남성이 여성을 사랑하게 되면
남성은 꽃이라도
성의를 보이게 됩니다

주님을 사랑한다는 증거
입으로만 하지 않겠습니다

침실 머리맡에
사군자 매화꽃이 피었습니다

검은 곰팡이가
어느 작가님의
매화꽃 작품으로 보이는 것은

부부의 가슴에 숨겨진
탐심을 몰아내신

주님의 능력입니다

침실 머리맡에
곰팡이 매화꽃을 제거하기 전에

주님의 교회에
곰팡이를 먼저 제거하고 싶었습니다

주님을 사랑한다고
몇천 번 고백했었습니다

이제서야
내 지갑을 열어

천국 모퉁이의 곰팡이를 제거하는
환경미화원이 되려고 합니다

5,000캐럿

남편은 일만 하고
일당을 못 받아 왔습니다

아내는 말로 주 패서라도
명확하게 제 밥그릇은 챙깁니다

남편은 미임금 50만 원 대신에
가리비 한 봉지를
아내에게 건넵니다

사장님께서 많이 어려우시대
스쿠버 다이빙을 해서
가리비 한 봉지를 챙겨 주셨어

가리비 한 봉지를
50만 원에 구입한 것과 같습니다

그렇게도 고급 스포츠를 즐기시는 분을
그렇게도 마음 깊이 헤아려 드리다니

이놈의 남자 둘을
바다에 던져 버리고 싶었습니다

찜솥에 가리비랑
통째로 쪄 버리고 싶었습니다

주님,
웃으면서
울고 싶습니다

아내는 주님께
고백 드리곤 합니다

신랑을 주 패고 싶은 순간에
엉덩이를 두드려 준 건
주님께서 아십니다

말로 주 패고 싶은 순간에
말을 꿀꺽 삼켜 버린 건
주님께서 아십니다

천국의 금 면류관에
다이아몬드 5,000캐럿 하나
멋지게 박아 주옵소서

목이 부러져도 좋으니
금 면류관에 묵직한 보석 하나
박아 주옵소서

왕 가리비 껍질만 한
왕 다이아몬드 주옵소서

내려놓음

요셉의 채색 옷
주님께서 벗기시기 전에

제 손으로
벗겠습니다

압력밥솥

선한 것이 없습니다
내 속에 선한 것은 주님뿐입니다

왕년의 성질머리는
주님께 통하지 않습니다

마늘 절구통에 넣어
가루 내어 버립니다

옛날 성질머리 올라오면
압력밥솥 안으로
기어들어 갑니다

주님,
압력밥솥 뚜껑을 덮어 주옵소서

고집의 질긴 힘줄을 녹이시고
아집의 뼈까지 센 불로 녹여 주옵소서

녹지 않으면
주님께서 사용할 수 없나이다

후시딘 연고

예수님의 사역
예수님은 이단이셨다

누군가가
이단이든
삼단이든
사단이든
오단이든
관심 없다

등판에
손톱 굳은살이 박혔기 때문이다

교인이 내 등을
날카로운 손톱으로 할퀴어 버렸다

피가 나고 진물이 나서

하늘 보고 누울 수도 없고

깊은 잠을 잘 수도 없었다

주님,

등이 아파요

후시딘 연고 발라주세요

밤새

호~

입김을 불어 주셨던 분은

주님이셨다

누군가가

이단이든

삼단이든

사단이든

오단이든

침묵한다

주님의 심판대 앞에 서는 날

훤히 보여 주실 것이다

호~

은혜

새벽마다
새 힘

일어나면
새 힘

혈관을 붙드시는
은혜

천국보관소

28살
연년생 아들을 데리고
기도원에 가는 길

4살 큰 아이는 버스 안에서 멀미를 하고
3살 작은 아이는 포대기에서 보채고

등에서 보채는 아이를 달래 가며
연신 버스 기사님께 죄송하다며
큰 아이의 구토물을 치웠지요

시골버스 3번을 환승하고
드디어 영광기도원에 도착했어요

예배 전부터

마음이 열리고 감동이 임했어요

주님은 당장 필요한 현금은 주시지 않고
영의 축복만 소나기처럼 부어 주셨어요

받은 은혜가 귀하고 고마운데
제가 드릴 건 눈물밖에 없었습니다

결혼 반지를 팔아
다음날 예물로 드렸습니다

부부의 결혼반지는
천국보관소에 있습니다

부부의 보석은
예수 그리스도이십니다

사과

남편을 이기려 들면
주님께서 불편해 하십니다

영이 막혀서
기도가 되지 않습니다

내가 살아야 하니
24시간 이내로
먼저 사과해 버립니다

주님은 남자편인 것 같습니다

법칙

주님께 순종하면 할수록
사춘기 자녀를 다루기 쉽습니다

주님께 순종하면 할수록
부모에게 함부로 할 수 없는
권위를 주십니다

재물

주님,
드릴 말씀이 있어요

주님께서 곤란하실지 모르겠어요
불편하시다면 언제든지 수정할게요

제가 쓸 만한 물건이 될지 모르겠지만
저를 드리고 싶어요

건강검진

담임목사님의 뒷모습은
주님의 뒷모습

나의 심뇌혈관 나이 39세

심장 부정맥이 있는
담임목사님에게

건강한 심장의 일부를
드리고 싶다

던져 놓기

교회에
화장지가 부족해 보이면
슬쩍 던져 놓기

커피랑 고무장갑도
슬쩍 던져 놓기

결핍이 보였다면
채워 넣으라고
보여 주신 것

주님은
형편에 맞게
믿음에 맞게
보여 주셨다

고가의 가전제품에는

감동을 주시지 않으셨다

전기세 헌금

정신 차리고 보니
주님 얼굴 볼 면목이 없습니다

20년간 받은 사랑도 많았지만
입상도 많이 부렸습니다

손해 배상하고
천국 갈게요

앞으로는
교회 전기세를
저희 가정이 납부하겠습니다

20년간 교회에서 받은 사랑
1. 식사비과 간식비

2. 농작물

3. 복사비

4. 삼남매들이 파손한 가전제품

5. 상수도비와 하수도비

.

.

돈으로 환산할 수 없는
담임목사님의 중보기도까지
당연하게 여기며 살아왔습니다

철없이 은사만 달라고 했지
버선발로 달려들어
희생하려고 하지 않았습니다

주의 법궤를 잘 관리한

오벳에돔의 가정에게 주셨던 축복이
주의 교회의 물품을 사랑하는
교인들에게 동일한 축복으로 임하소서

이때까지
말없이 미소 지어 주셨던

주님 죄송해요
목사님 죄송해요

여호와의 궤가 가드 사람 오벧에돔의 집에 석 달을 있었는데 여호와께서 오벧에돔과 그의 온 집에 복을 주시니라
(사무엘하 6장 11절)

아가페

날 사랑하심
날 사랑하심
성경에 써 있네 (찬송가 563장)

시골 동네에
이리 저리 굴러다니는
개 뼈다귀

볼 품 없는
개 뼈다귀 같은 나를
이리도 귀히 보시다니

주님,
이토록 사랑하십니까

옥이연금

어려울 때
도움주신 분들에게
연금이 되고 싶습니다

주님께서
어깨에 어깨뽕을
여러 개를 채워 주신다면

이 분들의 말년에
어깨뽕 1개씩 나눠 드리고 싶습니다

주님,
옥이연금이 되고 싶습니다
마르지 않는 어깨뽕을 채워 주십시요

인도

그분의 음성을 따라가야
천국문 입구가 보입니다

의리

시누이가 2명 있어도
시어머님은 며느리에게
금을 3번이나 주셨습니다

시어머님 보시기에
아픈 손가락이었나 봅니다

금 시계를 주시기도 하셨고
검정봉지에 금 조각을 넣어
방바닥에 슥 밀어 주시기도 하셨습니다

20년간 받은 사랑과
얻어먹은 김치만 해도
5억 원은 넘을 것 같습니다

이제는

며느리가 갚을 차례입니다

충성

주 6일 근무
새벽 4시 기상

근무지 책상에 앉음과 동시에
하루 업무 루틴 30개 이상

사장님은 몰라 주셔도
주님은 아신다

근로소득 이외에
야곱에게 주셨던 축복을
주옵소서

아롱진 것과
점 있는 것과

검은 것을 가려내어
나의 품삯이 되게 하옵소서

바다의 부가 네게로 돌아오며
이방 나라들의 재물이
네게 오게 하옵소서

기본급이 최저임금인
시골 경리 아줌마에게
주님은 기회를 주실 것이다

흑암 중에
한 걸음 내딛을 수 있는 등불을
발등에 비춰 주실 것이다

흑암 중에 숨겨진 보화와
은밀한 곳에 숨은 재물을
보게 하실 것이다

이제
그 빛을 따라가려 한다

급여 통장에
홍해의 바닷물을 가르셨던
당신 기적을 일으키시옵소서

네게 흑암 중의 보화와 은밀한 곳에 숨은 재물을 주어 네 이름을 부르는 자가 나 여호와 이스라엘의 하나님인 줄을 네가 알게 하리라 (이사야 45장 3절)

공기청정기

걸어 다니는
공기청정기가 되고 싶습니다

주님의 마음을 산뜻하게 하는
공기청정기가 되고 싶습니다

순종이의 하나님

대나무 밭에 대나무 나고, 옥수수 밭에 옥수수 난다. 아빠 엄마의 씨앗을 보니 고구마 밭에서 고구마 날 것 같았다. 선견지명을 발휘하여 다른 길을 선택했다. 365일 중에 300일을 흙바닥에 뒹굴게 했다. 태풍 비가 오는 날 신나게 뛰어다니게 했고, 집 앞 썰물일 때 갯벌에 누워서 놀고 와도 손세탁 걱정을 뒤로 한 채 "얼마나 재미있었냐"며 물개박수를 쳐 주었다.

성적표가 우편으로 오면 우리 집은 웃는 날, 모의고사 6등급. "역시 나를 닮은 내 아들"이라며 하이파이브를 했고, 제발 대학가지 말라고 했다. 나랏돈 축내지 말고, 얼른 직장생활 하여 나라에 보탬이 되어라 했다.

고3 가을, 병무청에 군 입대 신청을 하였고, 군 입대와 동시에 용돈을 끊었다. 전역 날에는 천만 원을 만들라고 권했고, 앞으로 급여의 80%를 저축해야 하고, 워라벨은 천국에서 영원히 누리게 될 것이니 이 땅에서는 주6일을 근무하라고 했다. 지금은 25세 전에 결혼하여 부모 곁을 떠나기를 권하고 있다.

13살 때부터 세상의 이치와 인간의 처세를 간간히 가르쳐 주었고, 전역 후에 기술을 배워 "어느 팀에 있든지 최고가 되어라"고 했다.

이등병 큰아들에게 말하곤 한다.
어머니의 하나님이 아니라
순종이의 하나님을 만나야 한다.

그분을 만나야
인생의 축이 바뀌고

그분의 말씀대로 살아야
그분이 기업이 되어 주신다.

강원도에 있는
큰아들에게 아무것 할 수 없지만
하나님께서 양육자가 되어 주실 것이다.

그분께서 아이의 인생길을
직접 지도하실 것이다.
그분께 아이를 맡기며
신뢰할 뿐이다.

주님편

손해를 보더라도

결국,

주님을 선택하게 됩니다

순종도 어렵지만

불순종은 더 어렵습니다

여호와이레

목사님의 근심은
주님의 근심입니다

주 님 : 딸아,
사랑하는 나의 종을
도울 수 있겠니?

김 집사 : 주님,
벌레 같은 제가 무엇이라고
이토록 다정하게
요청하십니까

담임목사님을 도우겠습니다
우리 형편을 잘 아시지요
이제야 저소득층에서

중산층이 되었습니다

주님께서 원하시면
소득이 100배가 되게 하실 줄 믿나이다

다윗의 돌멩이로
골리앗 장군을 넘어뜨린
당신의 능력을 믿나이다

이스라엘 백성들의 함성으로
여리고 성을 함락시킨
당신의 능력을 믿나이다

맨드라미 한 알이
수억 개의 열매를

볍씨 한 알이
수천 개의 열매를

옥수수 한 알이
수백 개의 열매를

당신의
열매 법칙을 믿나이다

아브라함이 이미 순종하기로
마음먹었을 때
숫양을 준비하셨던 하나님

미리 축복을 예비하시는
여호와이레 하나님을

기대하나이다

주신 응답에

순종하겠나이다

여호와이레란 여호와가 준비한다는 뜻의 히브리어

용납

뒷담화는
주먹만 한 돌이 되어

피 흘리고 계시는
주님의 이마에
던진 돌이 되었고

위로는
수건이 되어

피 흘리고 계시는
주님의 이마를
닦고 있었다

다짐

받은 사랑은
돌에 새기자

예수를 믿을수록
의리 있자

군고구마

주님의 주특기는

사람 구워삶기

주님께서 일하시면

일사천리로 일이 진행됩니다

주님께서 직접

사람들을 구워삶으십니다

푹 익힌 군고구마처럼

딱 먹기 좋게

몰캉몰캉하게 만들어 주십니다

주님은

군고구마 아저씨 같습니다

향유옥합

주여,
여기서 무엇 하시나이까

이때까지
차가운 흙 바닥에
앉아 계셨나이까

진흙 묻은 당신의 발을
씻겨 드리겠나이다

시골 장날에 파는
말표 고무신을 신겨 드리겠나이다

주여,
맨발로 다니지 마옵소서

차가운

흙 바닥에 앉아 계셨던

당신의

굽은 등을 보지 못하였나이다

당신의

진흙 묻은 발을 보지 못하였나이다

용서

앞에서는 흰색
뒤에서는 검은색의
그리스도인

돌아서면
원수 만들어 버리는
그리스도인

이 세상도
그러지는 않는다

그러고도
예배당에서 노래하는 자가
그리스도인이다

그 자가 바로
나다

그래서
붉은 핏방울이 필요했고
주님이 오셨다

오늘도
십자가 피 묻은 손으로
내 심장을 쳐서
회개해야 하고

십자가 붉은 피를
내 무릎에 뿌려
겸손해야 한다

관용

세상을 덮을 붉은 사랑
관용의 문을 허락해 주옵소서

당신의 십자가 오른손
못 구멍 사이로 흐르는
붉은 핏방울

십자가 아래
정수리에서
심장으로 흘리소서

지난 날
저의 혈기를
용서하여 주옵소서

주여

주여

지금

내 앞에서

혈기 부리는 자를

용서하겠나이다

에필로그

근무지에 혼자 있던 날
주님은 마음을 두드리셨습니다
"딸아, 함께 가자"

오른손을 높이 올렸습니다
"네 주님, 손목 잡아주세요"

삼남매를 키워 본 어미입니다
아이가 아장아장 걸을 때는
힘없는 아이의 손을
서로가 맞잡을 수가 없기에

손에 힘 있는 부모가
아이의 손목을 잡고 걸어갑니다

주님의 손목 잡이가 없었다면
한 편의 글도
완성할 수가 없었을 것입니다

주님은
강남의 브랜드 떡도
좋아하시지만

시골 장날의 가래떡도
좋아하십니다

떡의 주재료는
주님이십니다

저자는

주님의 그림자입니다

이 책의 주인공은

주님이십니다

딸아, 함께 가자

초판 1쇄 발행 2022년 11월 4일

지은이 김성옥
펴낸이 이기봉
편집 좋은땅 편집팀
펴낸곳 도서출판 좋은땅
주소 서울특별시 마포구 양화로12길 26 지월드빌딩 (서교동 395-7)
전화 02)374-8616~7
팩스 02)374-8614
이메일 gworldbook@naver.com
홈페이지 www.g-world.co.kr

ISBN 979-11-388-1353-2 (03810)

- 가격은 뒤표지에 있습니다.

- 파본은 구입하신 서점에서 교환해 드립니다.